Nouvelles
à chute 2

Présentation, notes, questions et après-texte établis par
NATHALIE LEBAILLY
MATTHIEU GAMARD
professeurs de Lettres

MAGNARD

Sommaire

Après-texte

L'ART DE LA CHUTE

Si nombre de nouvelles ne comportent pas d'effet de chute particulier, force est de constater que, dans l'esprit de nombreux lecteurs, c'est cette fin inattendue qui définit le genre de la nouvelle. Ce second recueil se propose d'illustrer l'art de la chute à travers quatre textes du XXᵉ siècle qui témoignent de la vitalité et de la variété d'une technique toujours renouvelée. Puisse chacune des fins de ces nouvelles surprendre et ravir le lecteur !

Roald Dahl est né en 1916 au pays de Galles. Il exerce divers métiers, avant de satisfaire sa soif de voyages en partant pour l'Afrique. Il s'engage ensuite dans la RAF, expérience qu'il relate dans *Escadrille 80* (1986). Il est réformé en 1942, après la chute de son avion. Il se met alors à écrire. Attaché d'ambassade à Washington, il publie des recueils de nouvelles humoristiques et fantastiques pour adultes (*Bizarre ! Bizarre !*, *Kiss Kiss*). Mais ce sont ses contes pour enfants qui le rendent célèbre, notamment *James et la Grosse Pêche* (1961) et *Charlie et la Chocolaterie* (1964). Certaines de ses œuvres ont été adaptées au cinéma. Il meurt à 74 ans le 23 novembre 1990.

Ray Bradbury est né en 1920 dans l'Illinois (États-Unis). Attiré très tôt par la science-fiction et l'écriture, ce n'est que dans les années 50 qu'il devient célèbre, grâce notamment aux *Chroniques martiennes* (1950) et à *Fahrenheit 451* (1953). Le premier est constitué de nouvelles marquées par le rêve et la mélancolie dans lesquelles les Terriens colonisent la planète Mars ; le second, adapté au cinéma par François Truffaut (1966), est une satire du totalitarisme et une réflexion sur la lecture. Face à la destruction des livres, des rebelles défendent ce qu'ils peuvent de la culture en apprenant par cœur les trésors de la littérature mondiale. Ray Bradbury vit toujours à Los Angeles où il continue d'écrire.

Jorge Luis Borges est né à Buenos Aires en 1899. Élevé en partie en Europe, dans un milieu polyglotte, il maîtrise plusieurs langues européennes. Il traduit de grandes œuvres, écrit des poèmes, des récits, sans compter ses nombreux articles de critique littéraire. Il acquiert une célébrité au-delà des frontières argentines. Alors qu'il est devenu aveugle, il est nommé directeur de la Bibliothèque nationale de Buenos Aires en 1955 : « Dieu [...] avec une ironie magnifique m'a donné à la fois les livres et la nuit. » Ses principaux recueils sont *Fictions* (1944) et *L'Aleph* (1949). Il meurt en 1986.

Fredric Brown est né en 1906 dans l'Ohio (États-Unis). Il exerce plusieurs petits métiers avant de pouvoir vivre tardivement de sa plume à la fin des années 40. Auteur prolixe de romans policiers (*Crime à Chicago* en 1947) et de romans de science-fiction humoristiques, il déclarait pourtant détester écrire. Il laisse une œuvre originale et diverse, comme en témoigne la nouvelle « Ne vous retournez pas » (1947) dans laquelle il mêle les niveaux narratifs, comme le fera plus tard Julio Cortázar dans « Continuité des parcs »[1]. Il meurt en 1972 alors qu'il a cessé d'écrire depuis dix ans.

---

1. Voir le premier volume de *Nouvelles à chute*.

Nouvelles
à chute 2

Roald Dahl
La logeuse

Billy Weaver arriva à Bath[1] après avoir passé l'après-midi dans le train et changé d'omnibus à Reading. Il était près de neuf heures du soir et la lune se levait, escortée d'un essaim d'étoiles, au-dessus des maisons qui faisaient face à la gare. Mais
5 le froid était vif et le vent armé de milliers de lames de rasoir.

« Excusez-moi, dit Billy, connaissez-vous un hôtel pas trop cher, dans le coin ?

– Allez voir *La Cloche et le Dragon*, répondit le contrôleur en désignant le bas de la route. Il y aura peut-être de la place.
10 C'est à cinq cents mètres d'ici. »

Billy le remercia, reprit sa valise en main et se mit en route vers *La Cloche et le Dragon*.

Il n'était jamais venu à Bath et n'y connaissait personne. Mais M. Greenslade, de la Maison Centrale de Londres, lui avait dit
15 beaucoup de bien de cette ville. « Dès que vous serez casé, lui avait-il dit, allez vous présenter au directeur de la Succursale[2]. »

Billy avait dix-sept ans. Il portait un pardessus bleu marine neuf, un chapeau mou marron neuf et un complet marron neuf. Il se sentait sûr de lui. D'un pas énergique, il descendit
20 la rue. Depuis quelques jours, il s'efforçait de tout faire avec énergie, car il estimait que c'était l'énergie qui caractérisait avant tout un homme d'affaires digne de ce nom. Les gros patrons, à la Maison Centrale, ne cessaient jamais de se montrer remarquablement énergiques. Ils étaient stupéfiants.

---

1. Ville thermale d'Angleterre.
2. Établissement commercial dépendant d'un autre.

₂₅   La rue qu'il longeait ne comportait aucune boutique. Rien qu'une rangée de maisons assez hautes, de chaque côté. Ces maisons étaient toutes semblables. Leurs porches à colonnes, leurs portes où l'on accédait par trois ou quatre marches avaient fière allure et témoignaient d'un passé luxueux. Mais, malgré ₃₀ la nuit, Billy pouvait voir sans peine que la peinture s'écaillait sur les boiseries des portes et des fenêtres et que les façades, lézardées à présent, pleuraient leur blancheur perdue.

Soudain, à la fenêtre d'un rez-de-chaussée brillamment éclairée par un réverbère, Billy aperçut un écriteau appuyé contre la ₃₅ vitre. Il lut : « CHAMBRES AVEC PETIT DÉJEUNER ». Un vase plein de beaux chrysanthèmes jaunes était posé juste sous l'écriteau. Intrigué, Billy s'approcha. Des rideaux de faux velours vert garnissaient la fenêtre, rehaussant l'éclat des chrysanthèmes. Billy se dressa pour fouiller du regard, à travers la vitre, l'intérieur de ₄₀ la pièce. Il vit d'abord un joyeux feu de cheminée. Devant l'âtre, sur le tapis, un petit basset[1] allemand dormait, recroquevillé. La chambre elle-même, aussi loin qu'il pouvait la voir dans la pénombre, était meublée avec goût. Elle contenait entre autres un piano crapaud, un grand divan, des fauteuils rebondis et, ₄₅ dans un coin, un perroquet dans sa cage. « Des animaux dans un endroit pareil, c'est plutôt bon signe », se dit Billy. Il se demanda aussi si cette demeure, d'aspect si rassurant, ne serait pas plus agréable que *La Cloche et le Dragon*.

Certes, un hôtel promettait plus de distractions qu'une pen-

---

1. Petit chien.

⁵⁰ sion. Le soir, il y aurait de la bière et des jeux. Et puis toutes sortes de gens à qui parler. Ce serait aussi moins cher sans doute. Il lui était arrivé de passer deux nuits de suite dans un hôtel et il en gardait un bon souvenir. Par contre, il savait peu de chose des pensions de famille et, pour être franc, l'idée d'y ⁵⁵ faire un séjour l'inquiétait un peu. Cela évoquait pour lui des images de choux aqueux[1], de logeuses rapaces[2], le tout flottant dans une pénétrante odeur de hareng fumé.

Après avoir grelotté ainsi pendant deux ou trois minutes, Billy décida d'aller jeter un coup d'œil à *La Cloche et le Dragon* ⁶⁰ avant de prendre une décision. Il s'éloigna de la fenêtre.

Alors, il se passa une chose étrange. Car son regard ne put se détacher du petit écriteau qui répétait obstinément : CHAMBRES AVEC PETIT DÉJEUNER, CHAMBRES AVEC PETIT DÉJEUNER, CHAMBRES AVEC PETIT DÉJEUNER. Chacun de ces mots se ⁶⁵ transformait en un grand œil noir qui le fixait de singulière façon, l'empêchant impérieusement[3] de quitter le petit rectangle de trottoir où il s'était arrêté. Comme hypnotisé, il fit quelques pas, puis il grimpa les quatre marches qui menaient à la porte d'entrée.

⁷⁰ Il leva le bras et appuya sur la sonnette. Dans quelque chambre lointaine, il l'entendit tinter. Et alors, immédiatement – la chose ne pouvait être qu'immédiate puisqu'il n'avait même pas eu le temps de retirer son doigt du bouton de la

---

1. Gorgés d'eau.
2. Avides, avares.
3. Impérativement.

sonnette –, la porte s'ouvrit comme par miracle et une femme
75 fit son apparition.

D'habitude, quand on sonne à une porte, on doit attendre
au moins une demi-minute avant que quelqu'un vienne ouvrir.
Cette dame, elle, était là, jaillie comme un diable-dans-sa-boîte.
C'était incroyable.

80 Elle pouvait avoir entre quarante-cinq et cinquante ans. Son
sourire était encourageant et chaleureux.

« Entrez, je vous en prie », dit-elle d'une voix étonnamment
aimable. Elle s'écarta pour le laisser passer. Et Billy se sentit
avancer, poussé par une sorte de contrainte ou plutôt par l'in-
85 vincible désir de pénétrer à l'intérieur de la maison.

« J'ai vu l'écriteau à la fenêtre, dit-il, se retenant d'avancer.

– Oui, je sais.

– Je cherchais une chambre.

– Elle vous attend, cher petit monsieur », dit la dame.

90 Elle avait un visage rond et rose et des yeux d'un bleu très
tendre.

« J'allais à *La Cloche et le Dragon*, expliqua Billy, mais votre
écriteau a retenu mon attention…

– Mon cher enfant, dit la dame, pourquoi n'entrez-vous pas,
95 par ce froid ?

– Pour combien louez-vous ?

– Cinq shillings et six pence par nuit, petit déjeuner
compris. »

Il crut avoir mal entendu. C'était donné. Cela représentait
100 moins que la moitié de ce qu'il était disposé à payer.

« Si vous trouvez que c'est trop cher, reprit-elle, je pourrai peut-être vous faire un prix. Tenez-vous à avoir un œuf pour le petit déjeuner ? Les œufs sont chers en ce moment. Sans œuf, cela ne vous ferait que cinq shillings tout rond.

105   – D'accord pour cinq shillings six pence, dit Billy. J'aimerais bien rester ici.

    – Je le savais. Entrez donc. »

Elle était d'une gentillesse à faire rêver. On aurait dit la mère du meilleur camarade de classe qui vous reçoit chez elle pour
110 les vacances de Noël. Billy ôta son chapeau et franchit le seuil.

« Accrochez-le ici, dit-elle, et laissez-moi vous aider pour votre pardessus. »

Il n'y avait pas d'autres chapeaux ni d'autres pardessus dans l'entrée. Pas un parapluie, pas une canne. Rien.

115 « La maison entière est à nous deux », fit-elle en souriant. Puis elle lui montra le chemin vers les étages supérieurs. « Voyez-vous, je n'ai pas très souvent le plaisir de faire entrer un voyageur dans mon petit nid. »

« Elle radote un peu, la vieille fille », se dit Billy. Mais à ce
120 prix, tout était pardonnable.

« J'aurais cru que vous étiez submergée de demandes, fit-il poliment.

    – Mais je le suis, cher monsieur, je le suis, n'en doutez pas ! Seulement, pourquoi le cacher, je suis un tantinet[1] difficile.
125 Vous voyez bien ce que je veux dire ?

---

1. Un peu.

– Ah, oui…

– Mais je suis toujours prête à recevoir. Tout est toujours prêt, jour et nuit, dans cette maison, pour le cas de chance exceptionnelle où un jeune homme digne de ma confiance passerait par là. Et c'est un si grand plaisir, cher monsieur, d'ouvrir la porte et de découvrir quelqu'un de convenable ! »

Elle était à mi-hauteur de l'escalier. Une main sur la rampe, elle se pencha et lui sourit de ses lèvres pâles, en ajoutant : « Comme vous, monsieur ! » Et ses yeux bleus parcoururent lentement le corps de Billy, de la tête aux pieds, puis dans le sens inverse.

Sur le palier du deuxième, elle dit :

« Cet étage est à moi. »

Ils grimpèrent au troisième : « Et celui-ci est à vous. Voici votre chambre. J'espère qu'elle vous plaira. »

Elle le fit entrer dans une petite chambre proprette donnant sur la rue. En entrant, elle alluma la lumière.

« Vous avez le soleil toute la matinée, monsieur Perkins. C'est bien monsieur Perkins ?

– Non, madame, dit-il, c'est Weaver.

– Pardon, monsieur Weaver. Comme c'est joli. J'ai mis une bouillotte entre les draps, monsieur Weaver. C'est si agréable, un bon petit dodo propre et chauffé, vous ne trouvez pas ? Et si vous avez froid, vous pouvez allumer le gaz à n'importe quel moment.

– Merci, dit Billy, merci, vous êtes bien aimable. » Il remarqua que le couvre-lit avait été retiré et que les draps et les couvertures avaient été soigneusement repliés d'un côté, prêts à recevoir un client.

« Je suis si heureuse que vous soyez venu, dit-elle, le regar-
155 dant gravement dans les yeux. Je commençais à m'inquiéter.

– Mais il ne faut jamais vous inquiéter, répondit gaiement Billy. » Il posa sa valise sur une chaise et s'apprêta à l'ouvrir.

« Excusez-moi, j'avais oublié de vous le demander, voulez-vous dîner ? Ou avez-vous pris quelque chose ?
160 – Je n'ai pas très faim, merci, dit-il. Je crois que je me coucherai le plus tôt possible. Demain, je dois me lever de bonne heure pour aller me présenter au bureau.

– Très bien. Je vous laisse ranger vos affaires. Mais avant de vous coucher, voulez-vous avoir la gentillesse de passer au salon
165 du rez-de-chaussée pour signer le livre ? C'est une chose que tout le monde doit faire, car c'est la loi, et nous tenons à être en règle, n'est-ce pas, dans ce genre de formalités. » Elle lui fit un petit signe amical de la main et sortit rapidement.

« Elle doit avoir l'esprit un peu dérangé, la pauvre femme »,
170 pensa Billy, mais cette idée ne l'inquiétait nullement. Car, après tout, elle paraissait inoffensive. C'était manifestement une âme bonne et généreuse. Peut-être avait-elle eu des malheurs insurmontables. Un fils perdu à la guerre par exemple.

Il vida sa valise, se lava les mains et descendit d'un pas alerte
175 au salon du rez-de-chaussée. Sa logeuse ne s'y trouvait pas, mais le feu dansait dans l'âtre et le petit basset dormait toujours au même endroit. La pièce était merveilleusement chaude et

douillette. « J'ai une de ces chances », pensa Billy en se frottant les mains.

180   Le livre d'hôtes l'attendait, ouvert, sur le piano. Il sortit son stylo et inscrivit son nom et son adresse. Deux signatures seulement figuraient au-dessus de la sienne et, plutôt machinalement, il les lut. La première provenait d'un certain Christopher Mulholland, de Cardiff. La seconde était celle de Gregory 185 W. Temple, de Bristol.

« C'est drôle », pensa Billy. Christopher Mulholland, cela lui rappelait quelque chose. Où donc avait-il déjà entendu ce nom plutôt insolite[1] ? Était-ce celui d'un camarade d'école ? Celui d'un des nombreux jeunes gens qui faisaient la cour à sa sœur ? 190 Ou bien celui d'un ami de son père ? Non. Rien de tout cela. Il examina de nouveau le livre.

CHRISTOPHER MULHOLLAND, 231, RUE DE LA CATHÉDRALE, CARDIFF.

GREGORY W. TEMPLE, 27, ALLÉE DES SYCOMORES, BRISTOL.

195   Et à présent, par un fait étrange, le second nom commençait à lui paraître presque aussi familier que le premier.

« Gregory Temple », fit-il tout haut, en cherchant dans sa mémoire, puis : « Christopher Mulholland ? »

« De si charmants garçons », répondit derrière lui la voix de

---

1. Inhabituel.

la logeuse. Il se retourna et la vit qui s'avançait dans la pièce, portant un service à thé d'argent. Elle le tenait très haut et bien éloigné d'elle, comme on tient les rênes d'un cheval fringant[1].

« Ces deux noms me disent quelque chose, fit Billy.

— Vraiment ? Comme c'est intéressant !

— Je suis à peu près certain de les avoir entendus quelque part, n'est-ce pas curieux ? Peut-être les ai-je lus dans un journal ? N'ont-ils pas été célèbres d'une façon ou d'une autre ? Je veux dire des joueurs de cricket ou de football connus, ou quelque chose de ce genre ?

— Célèbres, fit-elle, en posant son plateau sur une table basse près du divan ; oh ! non, je ne crois pas qu'ils aient été célèbres. Mais ils étaient remarquablement beaux tous les deux, cela est certain. Ils étaient jeunes, grands et très beaux. Exactement comme vous, cher monsieur. »

Une fois de plus, Billy regarda le livre.

« Tenez, ici, dit-il en désignant les dates d'entrée. La dernière inscription a environ deux ans.

— Vraiment ?

— Oui. Et celle de Christopher Mulholland lui est antérieure d'un an. Cela fait à peu près trois ans !

— Ma foi, fit-elle en poussant un délicat petit soupir, je ne l'aurais jamais cru. Comme le temps passe vite, n'est-ce pas, monsieur Wilkins ?

---

1. Fougueux.

— Weaver, rectifia Billy. W-E-A-V-E-R !

225 — Oh ! excusez-moi, où avais-je la tête ? s'écria-t-elle en s'installant sur le divan. C'est tout moi, monsieur Weaver ! Entré par une oreille, sorti par l'autre !

— Savez-vous, dit Billy, savez-vous pourquoi cette histoire m'intrigue de plus en plus ?

230 — Mais non, cher monsieur, comment le saurais-je ?

— Eh bien, voyez-vous, ces deux noms, Mulholland et Temple, non seulement je crois me souvenir de chacun d'eux séparément, mais, d'une certaine manière, je les vois comme liés l'un à l'autre par un trait d'union. Comme s'ils étaient tous 235 les deux connus pour une même chose… je ne sais pas si vous voyez ce que je veux dire, comme… eh bien… comme Nungesser et Coli par exemple… ou Churchill et Roosevelt !

— Comme c'est amusant, dit-elle, mais venez donc vous asseoir près de moi ! Vous prendrez bien une petite tasse de thé 240 et du biscuit au gingembre avant d'aller vous coucher ?

— Je suis confus, dit Billy, vous vous donnez vraiment trop de mal. » Il se tenait près du piano et la regardait manier les tasses et les soucoupes. Elle avait de petites mains blanches et agiles aux ongles rouges.

245 « Je suis presque sûr de les avoir vus dans les journaux, dit-il. Encore une seconde et je m'en souviendrai ! »

Il n'y a rien de plus obsédant qu'une idée qui frôle la mémoire sans vouloir y entrer et Billy détestait déclarer forfait.

« Une minute, fit-il, encore une minute et nous y serons.

250 Mulholland... Christopher Mulholland, n'était-ce pas un étudiant d'Eton[1] qui faisait à pied le tour du pays de Galles et
alors, soudain...

 – Du lait? demanda-t-elle. Et du sucre?

 – Oui, merci. – Et alors, soudain...

255 – Un étudiant d'Eton? fit-elle; oh! non, cher monsieur,
c'est très improbable. *Mon* monsieur Mulholland n'était sûre-
ment pas un étudiant d'Eton quand il est venu chez moi. Il faisait ses grades[2] à Cambridge[3]. Mais venez donc vous asseoir sur
le divan et réchauffez-vous à ce joli feu! Venez, votre thé est
260 prêt. » Elle tapotait la place vide à côté d'elle.

Il traversa lentement la pièce et s'assit sur le bord du divan.
Elle lui tendit une tasse.

« Eh voilà, dit-elle. Comme c'est agréable et douillet, n'est-
ce pas? »

265 Billy se mit à boire son thé à petites gorgées et elle fit de
même. Pendant les quelques instants qui suivirent, ils ne par-
lèrent guère, mais Billy sentait peser sur lui le regard de la dame.
Elle était légèrement tournée vers lui. De temps à autre, il res-
pirait une bouffée d'une odeur bizarre qui semblait directement
270 émaner d'elle. Ce n'était pas absolument désagréable et cela
aussi lui rappelait quelque chose, mais quoi? Des noix sèches?
Du cuir neuf? Ou bien les couloirs d'un hôpital?

Puis elle rompit le silence : « M. Mulholland était un grand

1. Célèbre collège anglais fondé en 1440.
2. Préparait un examen universitaire.
3. Célèbre université anglaise.

amateur de thé. Jamais de ma vie je n'ai vu quelqu'un en boire
275 autant que ce cher, ce charmant M. Mulholland.

– Je suppose qu'il est parti assez récemment», dit Billy qui
n'avait cessé de se casser la tête au sujet des deux noms. Il était
sûr à présent de les avoir vus dans les journaux, en première
page.

280 «Parti, fit la dame en arquant les sourcils. Mais, mon cher
enfant, il n'est pas parti. Il est toujours ici. M. Temple aussi est
ici. Ils sont ensemble, au quatrième étage.»

Billy reposa sa tasse et regarda fixement sa logeuse. Elle lui
sourit de nouveau, puis elle avança une main et lui tapota le
285 genou de manière réconfortante. «Quel âge avez-vous, cher
enfant?

– Dix-sept ans.

– Dix-sept ans, s'écria-t-elle, mais c'est l'âge idéal!
M. Mulholland aussi avait dix-sept ans. Mais je crois qu'il était
290 un rien moins grand que vous. Et puis ses dents n'étaient pas
TOUT À FAIT aussi blanches que les vôtres. Vous avez les plus
belles dents du monde, monsieur Weaver, le saviez-vous?

– Elles ne sont pas aussi bonnes qu'elles en ont l'air. Par-der-
rière, elles ont des tas de plombages.

295 – M. Temple, lui, était un peu plus âgé, dit-elle, sans tenir
compte de sa remarque. Il avait vingt-huit ans. Mais je ne lui
aurais jamais donné cet âge s'il ne me l'avait pas dit. Son corps
n'avait pas la moindre tare!

– La moindre… quoi?

300 – Sa peau était douce, douce comme une peau de bébé…»

Il y eut un nouveau silence. Billy reprit une gorgée de thé en attendant d'autres révélations, mais la dame paraissait lointaine et rêveuse. Billy regarda droit devant lui en se mordillant la lèvre inférieure.

305 « Ce perroquet, dit-il soudain, je m'y étais trompé quand je l'ai aperçu pour la première fois, par la fenêtre ! J'aurais juré qu'il était vivant.

– Hélas ! il ne l'est plus.

– C'est extraordinaire comme c'est adroitement fait, dit-il.
310 Personne ne le croirait mort ! Peut-on savoir qui l'a fait ?

– Moi.

– Vous ?

– Bien sûr, dit-elle. Et mon petit Basile, l'avez-vous vu ? »

Elle désigna d'un mouvement de tête le petit basset allemand
315 pelotonné si confortablement devant la cheminée. Billy le regarda et s'aperçut que cet animal était aussi silencieux, aussi immobile que le perroquet. Il étendit une main et lui toucha le haut du dos. Le corps était dur et froid et, quand il en écarta les poils, il put voir la peau, sèche et grisâtre, mais parfaitement
320 conservée.

« Bonté divine, fit-il, c'est absolument fascinant ! » Il se détourna du chien et regarda avec admiration la petite femme assise à côté de lui sur le divan. « Cela doit être difficile comme tout de faire un travail pareil !

325 – Pas le moins du monde, dit-elle. J'empaille moi-même tous mes petits chéris quand ils rendent l'âme. Voulez-vous une autre tasse de thé ?

– Non, merci », dit Billy. Le thé avait un petit goût d'amandes amères[1] qui lui déplaisait plutôt.

330 « Vous avez bien signé le livre ?

– Mais certainement.

– C'est parfait. Car plus tard, si un jour j'oublie votre nom, je peux toujours descendre pour le retrouver. Comme je fais presque tous les jours pour M. Mulholland et monsieur…

335 – Temple, dit Billy. Gregory Temple. Pardonnez ma question, mais n'avez-vous pas eu d'autres pensionnaires que ces deux messieurs, pendant ces dernières années ? »

Tenant bien haut sa tasse de thé, elle inclina légèrement la tête, le regarda du coin de l'œil et lui fit un de ses charmants

340 petits sourires :

« Mais non, mon cher petit monsieur. Rien que vous. »

---

1. L'arsenic a un goût d'amandes amères.

BIEN LIRE

• **L. 17-24 : Remarquez la répétition des mots « énergique » et « énergie ».**
• **L. 33-48 : Quelle impression cette description produit-elle sur le personnage ? Et sur le lecteur ?**
• **L. 129 : Notez que la logeuse a une idée très précise du type de client qu'elle souhaite.**
• **L. 172-173 : Qui formule ces hypothèses ?**
• **L. 288-292 : Pourquoi ces lignes sont-elles importantes ?**

Ray Bradbury
Le dragon

Le vent de la nuit faisait frémir l'herbe rase de la lande ; rien d'autre ne bougeait. Depuis des siècles, aucun oiseau n'avait rayé de son vol la voûte immense et sombre du ciel. Il y avait une éternité que quelques rares pierres n'avaient, en s'effritant et en tombant en poussière, créé un semblant de vie. La nuit régnait en maîtresse sur les pensées des deux hommes accroupis auprès de leur feu solitaire. L'obscurité, lourde de menaces, s'insinuait dans leurs veines et accélérait leur pouls.

Les flammes dansaient sur leurs visages farouches, faisant jaillir au fond de leurs prunelles sombres des éclairs orangés. Immobiles, effrayés, ils écoutaient leur respiration contenue, mutuellement fascinés par le battement nerveux de leurs paupières. À la fin, l'un d'eux attisa le feu avec son épée.

« Arrête ! Idiot, tu vas révéler notre présence !

– Qu'est-ce que ça peut faire ? Le dragon la sentira de toute façon à des kilomètres à la ronde. Grands dieux ! Quel froid ! Si seulement j'étais resté au château !

– Ce n'est pas le sommeil : c'est le froid de la mort. N'oublie pas que nous sommes là pour…

– Mais pourquoi nous ? Le dragon n'a jamais mis le pied dans notre ville !

– Tu sais bien qu'il dévore les voyageurs solitaires se rendant de notre ville à la ville voisine…

– Qu'il les dévore en paix ! Et nous, retournons d'où nous venons !

– Tais-toi ! Écoute… » Les deux hommes frissonnèrent.

Ils prêtèrent l'oreille un long moment. En vain. Seul, le tintement des boucles des étriers d'argent agitées, telles des piécettes de tambourin, par le tremblement convulsif de leurs
30 montures à la robe noire et soyeuse, trouait le silence.

Le second chevalier se mit à se lamenter.

« Oh ! Quel pays de cauchemar ! Tout peut arriver ici ! Les choses les plus horribles… Cette nuit ne finira-t-elle donc jamais ? Et ce dragon ! On dit que ses yeux sont deux braises
35 ardentes, son souffle, une fumée blanche et que, tel un trait de feu, il fonce à travers la campagne, dans un fracas de tonnerre, un ouragan d'étincelles, enflammant l'herbe des champs. À sa vue, pris de panique, les moutons s'enfuient et périssent piétinés, les femmes accouchent de monstres. Les murs des donjons
40 s'écroulent à son passage. Au lever du jour, on découvre ses malheureuses victimes éparses sur les collines. Combien de chevaliers, je te le demande, sont partis combattre ce monstre et ne sont jamais revenus ? Comme nous, d'ailleurs…

– Assez ! Tais-toi !

45 – Je ne le redirai jamais assez ! Perdu dans cette nuit, je suis même incapable de dire en quelle année nous sommes !

– Neuf cents ans se sont écoulés depuis la Nativité…

– Ce n'est pas vrai, murmura le second chevalier en fermant les yeux. Sur cette terre ingrate, le Temps n'existe pas. Nous
50 sommes déjà dans l'Éternité. Il me semble que si je revenais sur mes pas, si je refaisais le chemin parcouru pour venir jusqu'ici, notre ville aurait cessé d'exister, ses habitants seraient encore

dans les limbes, et que même les choses auraient changé. Les pierres qui ont servi à construire nos châteaux dormiraient encore dans les carrières, les poutres équarries, au cœur des chênes de nos forêts. Ne me demande pas comment je le sais ! Je le sais, c'est tout. Cette terre le sait et me le dit. Nous sommes tout seuls dans le pays du dragon. Que Dieu nous protège !

– Si tu as si peur que ça, mets ton armure !

– À quoi me servirait-elle ? Le dragon surgit d'on ne sait où. Nous ignorons où se trouve son repaire. Il disparaît comme il est venu. Nous ne pouvons deviner où il se rend. Eh bien, soit ! Revêtons nos armures. Au moins nous mourrons dans nos vêtements de parade. »

Le second chevalier n'avait pas fini d'endosser son pourpoint d'argent[1] qu'il s'interrompit et détourna la tête.

Sur cette campagne noire, noyée dans la nuit, plongée dans un néant qui semblait sourdre[2] de la terre elle-même, le vent s'était levé. Il soufflait sur la plaine une poussière qui semblait venir du fond des âges. Des soleils noirs, des feuilles mortes tombées de l'autre côté de la ligne d'horizon, tourbillonnaient en son sein. Il fondait dans son creuset les paysages, il étirait les os comme de la cire molle, il figeait le sang dans les cervelles. Son hurlement, c'était la plainte de milliers de créatures à l'agonie, égarées et errantes à tout jamais. Le brouillard était si dense, cerné de ténèbres si profondes, le lieu si désolé, que le Temps était aboli,

---

1. Vêtement médiéval qui allait du cou à la ceinture.
2. Sortir.

que l'Homme était absent. Et cependant deux créatures affrontaient ce vide insupportable, ce froid glacial, cette tempête effroyable, cette foudre en marche derrière le grand rideau
80 d'éclairs blancs qui zébraient le ciel. Une rafale de pluie détrempa le sol. Le paysage s'évanouit. Il n'y eut plus désormais que deux hommes, dans une chape de glace, qui se taisaient, angoissés.

« Là ! chuchota le premier chevalier. Regarde ! Oh ! Mon Dieu ! »
85 À plusieurs lieues de là, se précipitant vers eux dans un rugissement grandiose et monotone : le dragon.

Sans dire un mot, les deux chevaliers ajustèrent leurs armures et enfourchèrent leurs montures.

Au fur et à mesure qu'il se rapprochait, sa monstrueuse exu-
90 bérance déchirait en lambeaux le manteau de la nuit. Son œil jaune et fixe, dont l'éclat s'accentuait quand il accélérait son allure pour grimper une pente, faisait surgir brusquement une colline de l'ombre puis disparaissait au fond de quelque vallée. La masse sombre de son corps, tantôt distincte, tantôt cachée
95 derrière quelque repli, épousait tous les accidents de terrain.

« Dépêchons-nous ! »

Ils éperonnèrent leurs chevaux et s'élancèrent en direction d'un vallon voisin.

« Il va passer par là ! »
100 De leur poing ganté de fer, ils saisirent leurs lances et rabattirent les visières sur les yeux de leurs chevaux.

« Seigneur !

– Invoquons Son nom et Son secours ! »

À cet instant, le dragon contourna la colline. Son œil, sans
105 paupière, couleur d'ambre clair, les absorba, embrasa leurs
armures de lueurs rouges et sinistres. Dans un horrible gémissement, à une vitesse effrayante, il fondit sur eux.

« Seigneur ! Ayez pitié de nous ! »

La lance frappa un peu au-dessous de l'œil jaune et fixe. Elle
110 rebondit et l'homme vola dans les airs. Le dragon chargea,
désarçonna le cavalier, le projeta à terre, lui passa sur le corps,
l'écrabouilla.

Quant au second cheval et à son cavalier, le choc fut d'une
violence telle, qu'ils rebondirent à trente mètres de là et allè-
115 rent s'écraser contre un rocher.

Dans un hurlement aigu, des gerbes d'étincelles roses, jaunes
et orange, un aveuglant panache de fumée blanche, le dragon
était passé...

« Tu as vu ? cria une voix. Je te l'avais dit !
120 – Ça alors ! Un chevalier en armure ! Nom de tous les ton-
nerres ! Mais c'est que nous l'avons touché !

– Tu t'arrêtes ?

– Un jour, je me suis arrêté et je n'ai rien vu. Je n'aime pas
stopper dans cette lande. J'ai les foies[1].
125 – Pourtant nous avons touché quelque chose...

– Mon vieux, j'ai appuyé à fond sur le sifflet. Pour un
empire, le gars n'aurait pas reculé... »

---

1. J'ai peur (familier).

La vapeur, qui s'échappait par petits jets, coupait le brouillard en deux.

130 « Faut arriver à l'heure. Fred! Du charbon! »

Un second coup de sifflet ébranla le ciel vide. Le train de nuit, dans un grondement sourd, s'enfonça dans une gorge, gravit une montée et disparut bientôt en direction du nord. Il laissait derrière lui une fumée si épaisse qu'elle stagnait dans l'air

135 froid des minutes après qu'il fut passé et eut disparu à tout jamais.

BIEN LIRE

• **L. 1-13 : Soyez attentif aux éléments descriptifs dans ces deux premiers paragraphes.**
• **L. 76 : Notez que c'est la deuxième fois que l'on nous précise l'absence de temps.**
• **L. 104-107 : Notez que le dragon est personnifié dans ces lignes.**
• **L. 130 « Faut arriver à l'heure » : Pourquoi cet impératif ?**

Jorge Luis Borges
La demeure d'Astérion

> *« Et la reine donna le jour à un fils qui s'appela Astérion. »*
> APOLLODORE, Bible, III, 50.

Je sais qu'on m'accuse d'orgueil, peut-être de misanthropie[1], peut-être de démence[2]. Ces accusations (que je punirai le moment venu) sont ridicules. Il est exact que je ne sors pas de ma maison ; mais il est moins exact que les portes de celle-ci, dont le nombre est infini[3], sont ouvertes jour et nuit aux hommes et aussi aux bêtes. Entre qui veut. Il ne trouvera pas de vains ornements féminins, ni l'étrange faste[4] des palais, mais la tranquillité et la solitude. Il trouvera aussi une demeure comme il n'en existe aucune autre sur la surface de la Terre. (Ceux qui prétendent qu'il y en a une semblable en Égypte sont des menteurs.) Jusqu'à mes calomniateurs reconnaissent qu'il n'y a pas un seul meuble dans la maison. Selon une autre fable grotesque, je serais, moi, Astérion, un prisonnier. Dois-je répéter qu'aucune porte n'est fermée ? Dois-je ajouter qu'il n'y a pas une seule serrure ? Du reste, il m'est arrivé, au crépuscule, de sortir dans la rue. Si je suis rentré avant la nuit, c'est à cause de la peur qu'ont provoquée en moi les visages des gens de la foule, visages sans relief ni couleur, comme la paume de la main. Le soleil était déjà couché. Mais le gémissement abandonné d'un enfant et les supplications stupides de la multitude m'avertirent

---

1. Fait de ne pas apprécier la compagnie d'autres hommes.
2. Folie.
3. *Note de l'auteur* : Le texte original dit quatorze, mais maintes raisons invitent à supposer que, dans la bouche d'Astérion, ce nombre représente l'infini.
4. Luxe.

que j'étais reconnu. Les gens priaient, fuyaient, s'agenouillaient. Certains montaient sur le perron du temple des Haches. 25 D'autres ramassaient les pierres. L'un des passants, je crois, se cacha dans la mer. Ce n'est pas pour rien que ma mère est une reine. Je ne peux pas être confondu avec le vulgaire[1], comme ma modestie le désire.

Je suis unique ; c'est un fait. Ce qu'un homme peut com- 30 muniquer à d'autres hommes ne m'intéresse pas. Comme le philosophe, je pense que l'art d'écrire ne peut rien transmettre. Tout détail importun et banal n'a pas place dans mon esprit, lequel est à la mesure du grand. Jamais je n'ai retenu la différence entre une lettre et une autre. Je ne sais quelle généreuse 35 impatience m'a interdit d'apprendre à lire. Quelquefois, je le regrette, car les nuits et les jours sont longs.

Il est clair que je ne manque pas de distractions. Semblable au mouton qui fonce, je me précipite dans les galeries de pierre jusqu'à tomber sur le sol, pris de vertige. Je me cache dans 40 l'ombre d'une citerne ou au détour d'un couloir et j'imagine qu'on me poursuit. Il y a des terrasses d'où je me laisse tomber jusqu'à en rester ensanglanté. À toute heure, je joue à être endormi, fermant les yeux et respirant puissamment. (Parfois j'ai dormi réellement, parfois la couleur du jour était changée quand 45 j'ai ouvert les yeux.) Mais, de tant de jeux, je préfère le jeu de l'autre Astérion. Je me figure qu'il vient me rendre visite et que je lui montre la demeure. Avec de grandes marques de politesse,

---

1. Ici, le commun des mortels.

je lui dis : «Maintenant, nous débouchons dans une autre cour», ou : «Je te disais bien que cette conduite d'eau te plai-
50 rait», ou : «Maintenant, tu vas voir une citerne que le sable a remplie», ou : «Tu vas voir comme bifurque[1] la cave.» Quelquefois, je me trompe et nous rions tous deux de bon cœur.

Je ne me suis pas contenté d'inventer ce jeu. Je méditais sur ma demeure. Toutes les parties de celle-ci sont répétées plu-
55 sieurs fois. Chaque endroit est un autre endroit. Il n'y a pas un puits, une cour, un abreuvoir, une mangeoire ; les man-geoires, les abreuvoirs, les cours, les puits sont quatorze [sont en nombre infini]. La demeure a l'échelle du monde ou plu-tôt, elle est le monde. Cependant, à force de lasser les cours
60 avec un puits et les galeries poussiéreuses de pierre grise, je me suis risqué dans la rue, j'ai vu le temple des Haches et la mer. Ceci, je ne l'ai pas compris, jusqu'à ce qu'une vision nocturne me révèle que les mers et les temples sont aussi quatorze [sont en nombre infini]. Tout est plusieurs fois, quatorze fois. Mais
65 il y a deux choses au monde qui paraissent n'exister qu'une seule fois : là-haut le soleil enchaîné ; ici-bas Astérion. Peut-être ai-je créé les étoiles, le soleil et l'immense demeure, mais je ne m'en souviens plus.

Tous les neuf ans, neuf êtres humains pénètrent dans la mai-
70 son pour que je les délivre de toute souffrance. J'entends leurs pas et leurs voix au fond des galeries de pierre, et je cours joyeu-sement à leur rencontre. Ils tombent l'un après l'autre, sans

---

1. Prend une autre direction.

même que mes mains soient tachées de sang. Ils restent où ils sont tombés. Et leurs cadavres m'aident à distinguer des autres
75 telle ou telle galerie. J'ignore qui ils sont. Mais je sais que l'un d'eux, au moment de mourir, annonça qu'un jour viendrait mon rédempteur[1]. Depuis lors, la solitude ne me fait plus souffrir, parce que je sais que mon rédempteur existe et qu'à la fin il se lèvera sur la poussière. Si je pouvais entendre toutes les
80 rumeurs du monde, je percevrais le bruit de ses pas. Pourvu qu'il me conduise dans un lieu où il y aura moins de galeries et moins de portes. Comment sera mon rédempteur ? Je me le demande. Sera-t-il un taureau ou un homme ? Sera-t-il un taureau à tête d'homme ? Ou sera-t-il comme moi ?
85   Le soleil du matin resplendissait sur l'épée de bronze, où il n'y avait déjà plus trace de sang. « Le croiras-tu, Ariane ? dit Thésée, le Minotaure s'est à peine défendu. »

---

1. Sauveur.

BIEN LIRE

- Remarquez l'enchaînement entre le deuxième et le troisième paragraphe.
- L. 66-68 : À qui Astérion se compare-t-il à la fin de ce paragraphe ?
- L. 69-84 : Repérez l'opposition entre l'adverbe « joyeusement » (l. 71-72) et le reste du paragraphe.
- L. 85-87 : Repérez le changement de narrateur dans le dernier paragraphe.

Fredric Brown
Cauchemar en jaune

Il fut tiré du sommeil par la sonnerie du réveil, mais resta couché un bon moment après l'avoir fait taire, à repasser une dernière fois les plans qu'il avait établis pour une escroquerie dans la journée et un assassinat le soir.

5　Il n'avait négligé aucun détail, c'était une simple récapitulation finale. À vingt heures quarante-six, il serait libre, dans tous les sens du mot. Il avait fixé le moment parce que c'était son quarantième anniversaire et que c'était l'heure exacte où il était né. Sa mère, passionnée d'astrologie, lui avait souvent rappelé
10　la minute précise de sa naissance. Lui-même n'était pas superstitieux, mais cela flattait son sens de l'humour de commencer sa vie à quarante ans, à une minute près.

De toute façon, le temps travaillait contre lui. Homme de loi spécialisé dans les affaires immobilières, il voyait de très
15　grosses sommes passer entre ses mains ; une partie de ces sommes y restait. Un an auparavant, il avait « emprunté » cinq mille dollars, pour les placer dans une affaire sûre, qui allait doubler ou tripler la mise, mais où il en perdit la totalité. Il « emprunta » un nouveau capital, pour diverses spéculations[1] et
20　pour rattraper sa perte initiale. Il avait maintenant environ trente mille dollars de retard, le trou ne pouvait guère être dissimulé désormais plus de quelques mois et il n'y avait pas le moindre espoir de le combler en si peu de temps. Il avait donc résolu de réaliser le maximum en argent liquide sans éveiller les
25　soupçons, en vendant diverses propriétés. Dans l'après-midi il

---

1. Opérations boursières hasardeuses.

disposerait de plus de cent mille dollars, plus qu'il ne lui en fallait jusqu'à la fin de ses jours.

Et jamais il ne serait pris. Son départ, sa destination, sa nouvelle identité, tout était prévu et fignolé[1], il n'avait négligé
30 aucun détail. Il y travaillait depuis des mois.

Sa décision de tuer sa femme, il l'avait prise un peu après coup. Le mobile était simple : il la détestait. Mais c'est seulement après avoir pris la résolution de ne jamais aller en prison, de se suicider s'il était pris, que l'idée lui était venue : puisque de toute
35 façon il mourrait s'il était pris, il n'avait rien à perdre en laissant derrière lui une femme morte au lieu d'une femme en vie.

Il avait eu beaucoup de mal à ne pas éclater de rire devant l'opportunité[2] du cadeau d'anniversaire qu'elle lui avait fait (la veille, avec vingt-quatre heures d'avance) : une belle valise
40 neuve. Elle l'avait aussi amené à accepter de fêter son anniversaire en allant dîner en ville, à sept heures. Elle ne se doutait pas de ce qu'il avait préparé pour continuer la soirée de fête. Il la ramènerait à la maison avant vingt heures quarante-six et satisferait son goût pour les choses bien faites en se rendant veuf
45 à la minute précise. Il y avait aussi un avantage pratique à la laisser morte : s'il l'abandonnait vivante et endormie, elle comprendrait ce qui s'était passé et alerterait la police en constatant, au matin, qu'il était parti. S'il la laissait morte, le cadavre ne serait pas trouvé avant deux et peut-être trois jours, ce qui
50 lui assurerait une avance bien plus confortable.

---

1. Parfaitement organisé.
2. Caractère approprié à la situation.

À son bureau, tout se passa à merveille ; quand l'heure fut venue d'aller retrouver sa femme, tout était paré[1]. Mais elle traîna devant les cocktails et traîna encore au restaurant ; il en vint à se demander avec inquiétude s'il arriverait à la ramener à la maison
55 avant vingt heures quarante-six. C'était ridicule, il le savait bien, mais il avait fini par attacher une grande importance au fait qu'il voulait être libre à ce moment-là et non une minute avant ou une minute après. Il gardait l'œil sur sa montre.

Attendre d'être entrés dans la maison l'aurait mis en retard
60 de trente secondes. Mais sur le porche, dans l'obscurité, il n'y avait aucun danger ; il ne risquait rien, pas plus qu'à l'intérieur de la maison. Il abattit la matraque de toutes ses forces, pendant qu'elle attendait qu'il sorte sa clé pour ouvrir la porte. Il la rattrapa avant qu'elle ne tombe et parvint à la maintenir
65 debout, tout en ouvrant la porte de l'autre main et en la refermant de l'intérieur.

Il posa alors le doigt sur l'interrupteur et une lumière jaunâtre envahit la pièce. Avant qu'ils aient pu voir que sa femme était morte et qu'il maintenait le cadavre d'un bras, tous les
70 invités à la soirée d'anniversaire hurlèrent d'une seule voix :

« Surprise ! »

---

1. Prêt.

BIEN LIRE

• Notez que les personnages de cette nouvelle ne portent pas de nom.
• L. 6 « À vingt heures quarante-six » : Pourquoi une telle précision temporelle ?
• Pourquoi les mots « emprunté » (l. 16) et « emprunta » (l. 19) sont-ils entre guillemets ?
• L. 68 : À qui renvoie ce « ils » ? Quel effet crée-t-il ?

Après-texte

POUR COMPRENDRE

Lire

Au fil du texte

1 Quel est le point de vue adopté dans ce texte ? Justifiez.

2 Quelles remarques pouvez-vous faire sur la première phrase ? Quel effet cherche-t-on à produire sur le lecteur ?

3 À partir de la ligne 61, relevez le champ lexical de l'étrange ainsi que les phénomènes inhabituels. Dans quel sous-genre de nouvelles s'attend-on à trouver ce type d'éléments ?

4 Quelle impression produit la description de la logeuse (pp. 14-15) ?

5 Quel rôle joue la modalisation de doute « paraissait » (l. 171) ?

6 Pourquoi la logeuse lui dit-elle cela (l. 212-214) ? Qu'est-ce que le lecteur est censé comprendre à ce moment-là de l'histoire ?

7 Comment comprenez-vous l'expression « mes petits chéris » (l. 326) ?

8 Combien de temps s'est-il écoulé entre l'arrivée de M. Mulholland, celle de M. Temple et celle de Billy chez la logeuse ? Commentez.

9 Quels sont les éléments qui pourraient faire pencher le récit vers le fantastique ?

Relecture

10 Relevez les indices de la chute.

11 L. 252-255 : Pourquoi la logeuse lui coupe-t-elle la parole à deux reprises ?

12 À partir de quel moment avez-vous cerné la personnalité de la logeuse ? Justifiez votre réponse.

À SAVOIR

LA CHUTE

Le mot dans son acception littéraire désigne l'idée surprenante ou particulièrement frappante qui achève un texte. L'effet en est toujours brutal. Certains genres sont caractérisés par cet élément, notamment le sonnet ou l'épigramme en poésie et la nouvelle dans le récit. Le roman, genre long, apte à développer les scènes, peut néanmoins jouer de cet effet, comme l'illustrent les épilogues extrêmement rapides de *La Chartreuse de Parme* de Stendhal ou de *Madame Bovary* de Flaubert.

L'esthétique précieuse a développé la pointe : son effet est proche de la chute mais l'effet de surprise est porté par un mot d'esprit, un jeu de langage.

13 Quel rôle le perroquet et le basset jouent-ils dans cette histoire ?

14 Pourquoi la logeuse loue-t-elle à un tarif aussi bas ?

15 Lorsque la logeuse parle de ses anciens locataires, quels temps utilise-t-elle ? Commentez.

Écrire

16 Imaginez la suite immédiate de l'histoire en explicitant la chute qui est demeurée implicite.

17 Imaginez l'article de journal qu'aurait pu effectivement lire le narrateur (l. 206-207) sur ces deux jeunes hommes.

18 Réécrivez la nouvelle en la résumant du point de vue de la logeuse, puis analysez les changements que vous avez été obligé d'opérer.

Chercher

19 Qu'est-ce qu'un préjugé ? Quel est celui du personnage (p. 13) ?

20 Cherchez le sens du mot *taxidermiste*. Quel rapport pouvez-vous faire avec la nouvelle de Roald Dahl ?

21 Qui étaient Nungesser et Coli (l. 237) ? Quel point commun ont-ils avec Roald Dahl ?

À SAVOIR

LES MODALISATIONS

Les modalisations servent à exprimer la façon dont le locuteur envisage son discours.

S'il est prêt à en assumer la responsabilité, il utilise des modalisateurs de certitude qui sont de natures variées : ce peuvent être des verbes fortement affirmatifs (« je sais », « je suis sûr »...), des adverbes ou locutions adverbiales (« évidemment », « sans aucun doute »...), certains temps (le présent, le futur).

À l'inverse, si le locuteur n'est pas sûr de ce qu'il dit ou n'est pas prêt à en prendre l'entière responsabilité, il utilise des modalisations de doute (« je pense », « je crois », « peut-être », « probablement », le conditionnel, etc.). Dans un texte fantastique, on peut trouver beaucoup de modalisateurs de doute car la vision du narrateur ou du personnage doit être mise en doute pour créer l'hésitation propre à ce genre de récit.

POUR COMPRENDRE

POUR COMPRENDRE

Lire

Au fil du texte

1 À quelle histoire vous attendez-vous d'après le titre ? À quel univers littéraire le dragon appartient-il ?

2 Le narrateur fait-il partie de l'histoire ? Justifiez votre réponse.

3 Relevez les éléments du décor. Dans quel type de pays sommes-nous ?

4 Relevez le champ lexical du feu et de la peur dans tout le texte puis justifiez l'emploi de chacun d'eux.

5 Cherchez la définition d'*hypallage* et expliquez le fonctionnement de cette figure de style à la ligne 7.

6 Qui sont les deux hommes évoqués au début du récit ? À quelle période appartiennent-ils ? Justifiez votre réponse en citant le texte.

7 Relevez les indices temporels du texte. À quelle période l'histoire se déroule-t-elle ?

8 Relevez les métaphores et les comparaisons dans la description du dragon (l. 32-43). Quel effet créent-elles ?

9 Commentez le style de la phrase lignes 77 à 80. Quel est l'effet recherché ?

10 Combien y a-t-il de personnages dans le texte ? Présentez chacun d'eux autant qu'il est possible.

11 Quels éléments du texte créent une atmosphère fantastique ?

12 Repérez les éléments annonçant la fin des deux chevaliers.

13 Relevez toutes les allusions à la religion et justifiez leur présence.

Relecture

14 « N'oublie pas que nous sommes là pour... » (l. 18-19) : finissez cette phrase.

15 « Tu sais bien qu'il dévore les voyageurs solitaires se rendant de notre ville à la ville voisine » (l. 22-23) : comment comprendre cette phrase ?

16 Relevez les indices de la chute.

17 Quels éléments permettent d'animaliser la locomotive (l. 104 à 107) ?

Écrire

18 Résumez l'histoire en quelques lignes.

19 Décrivez, de façon réaliste, une locomotive à vapeur ; puis expliquez-en le mode de fonctionnement.

20 Après avoir traité la question 27, décrivez un chevalier en armure.

21 Après avoir traité les questions 28 et 29, rédigez une scène d'un combat classique puis d'un combat original.

22 Imaginez l'article paru dans la presse après l'accident relaté dans le texte.

23 Expliquez pourquoi l'auteur a été contraint de mélanger deux univers temporels.

Chercher

24 Quelles autres œuvres célèbres Ray Bradbury a-t-il écrites ?

25 Quels sont les différents sens du mot *dragon* ?

26 Quand la locomotive à vapeur a-t-elle été inventée ?

27 Cherchez les pièces qui composent l'équipement d'un chevalier.

28 Cherchez dans des romans de chevalerie, et notamment chez Chrétien de Troyes, quelques scènes de combat. Repérez-en les différentes étapes et relevez le vocabulaire spécifique employé.

29 Certaines scènes de combat sont plus originales : lisez, par exemple, le combat d'Yvain contre le serpent[1] et celui de Don Quichotte contre des moulins à vent[2]. Quelle célèbre expression fait référence à cette deuxième scène de combat ?

30 Pourquoi l'adjectif qualificatif « orange » n'a-t-il pas de « s » (l. 117) ?

31 « Combien de chevaliers » (l. 41-42) : de quel poème célèbre est extrait le vers suivant : *« Ô combien de marins, combien de capitaines »* ?

À SAVOIR

LE RÉCIT FANTASTIQUE

Bien que des éléments fantastiques soient présents dans la littérature depuis l'Antiquité, c'est aux XVIIIe-XIXe siècles qu'il faut situer la naissance du genre. *Le Diable amoureux* de Cazotte, en 1772, est considéré comme le premier grand roman fantastique.

Le récit fantastique met en scène des personnages souvent ordinaires qui se trouvent soudain confrontés à un événement qui est en totale rupture avec les lois naturelles : les êtres sont doués de pouvoirs magiques, les objets s'animent, le Diable intervient dans l'histoire… Mais, pour que l'on puisse vraiment rattacher un récit au genre fantastique, il faut que ces éléments surnaturels soient sujets à caution (le narrateur est fou ou ivre, par exemple) et que le lecteur demeure dans l'hésitation (entre une explication rationnelle et une explication surnaturelle) qui est le maître mot du fantastique.

---

1. Chrétien de Troyes, « Yvain ou le Chevalier au lion », *Les Grands Textes du Moyen Âge et du XVIe siècle*, « Classiques et Contemporains » n° 67, Magnard, pages 30-33.
2. Cervantès, *Don Quichotte*, chap. VIII.

Lire

Au fil du texte

1 Repérez des anticipations. À quoi servent-elles ?

2 L. 53-68 : repérez l'accumulation. Que permet-elle de mettre en valeur ici ?

3 Le narrateur avoue être orgueilleux (l. 3). Relevez les éléments du texte qui le montrent.

4 Quel effet Astérion provoque-t-il sur « les gens de la foule » (l. 18-26) ? Quelle hypothèse peut-on formuler quant à l'identité d'Astérion ?

5 Relevez les éléments qui décrivent la demeure d'Astérion. Quels endroits avez-vous imaginés au fur et à mesure de votre lecture ? De quel lieu s'agit-il finalement ?

6 Quelles sont les distractions d'Astérion ? Quelle souffrance nous révèle son jeu préféré ?

7 Quel est le sous-entendu présent dans cette phrase : « pour que je les délivre de toute souffrance » (l. 70) ?

8 Pourquoi le narrateur précise-t-il « êtres humains » (l. 69) ?

9 Que s'est-il passé entre les deux derniers paragraphes ? Comment s'appelle cette façon de traiter la chronologie ?

10 Quel effet la note de l'auteur page 35 (note de bas de page n° 3) crée-t-elle ?

Relecture

11 Qui est le narrateur de cette histoire ? Proposez-en le portrait le plus précis possible en relevant les indices qui vous auraient permis de deviner son autre nom. Cherchez des éléments de la page 36 qui rentrent en contradiction avec le fait qu'Astérion soit le narrateur.

12 Quelle comparaison le narrateur utilise-t-il (l. 37-52) ? En quoi est-ce un indice ?

13 Que veut dire ici « comme moi » (l. 84) ?

14 Relevez les passages qui montrent qu'Astérion est conscient d'être un mythe.

15 À partir de quels mots avez-vous trouvé la chute de l'histoire ?

16 Pourquoi Astérion s'est-il à peine défendu, d'après vous ?

17 Montrez que cette nouvelle pourrait avoir un sens symbolique et résumer la vision que Borges a de la condition humaine. Quelle leçon de vie pourrait-on tirer de cette histoire ?

Écrire

18 Choisissez un autre personnage mythologique célèbre et écrivez une nouvelle à chute dont il sera le narrateur. Pensez à choisir un titre énigmatique.

19 Imaginez, en utilisant entre autres

les éléments du texte, la description que Thésée a pu faire à Ariane du Minotaure.

20 Décrivez votre demeure.

21 Astérion regrette de ne pas savoir lire. Rédigez un paragraphe argumentatif dans lequel vous exprimerez ce que la lecture vous a apporté.

Chercher

22 Qui est Apollodore ?

23 Quels éléments du mythe initial retrouve-t-on dans cette nouvelle ?

24 Qui a construit le labyrinthe dans lequel Astérion est enfermé ? Qui est son fils ? Comment est-il mort ?

25 Qui est la mère d'Astérion (l. 26) ? Qui sont donc ses demi-sœurs ?

26 Qui sont Ariane et Thésée ? Lisez la scène 5 de l'acte II de *Phèdre* de Racine.

27 Pourquoi la mer Égée s'appelle-t-elle ainsi ?

28 D'où viennent ces « neuf êtres humains » (l. 69) ?

29 Cherchez l'étymologie des mots suivants : *vulgaire* (l. 27), *analphabète* et *monstre*. En quoi la troisième étymologie est-elle en contradiction avec le sort d'Astérion ?

30 Cherchez le sens du mot *agoraphobie*. Quel passage du texte pourrait illustrer ce mot ?

POUR COMPRENDRE

À SAVOIR

QU'EST-CE QU'UN MYTHE ?

À l'origine, le mythe est un récit fondateur qui porte sur l'origine de l'homme et sa place dans l'univers. Tous les peuples ont construit leurs propres récits mythiques. Le mot signifie « parole, récit » en grec.

Dans la tradition occidentale, dès l'Antiquité, le mythe rentre en opposition avec les explications rationnelles du monde. Ce discrédit qui touche très tôt le mythe s'accompagne pourtant d'une formidable fécondité littéraire, artistique et même philosophique, comme l'illustre la célèbre allégorie de la caverne dans *La République* de Platon.

Synonyme de mensonge, longtemps suspect, le mythe est l'objet depuis plus d'un siècle de l'intérêt renouvelé tout à la fois des psychologues, des ethnologues, des écrivains et des peintres qui y voient un moyen privilégié d'expression pour l'individu comme pour la communauté.

Chaque époque se choisit ses mythes que les hommes réinventent en fonction de leurs propres besoins. C'est ainsi que le mythe d'Antigone, qui illustre la confrontation de la loi de la cité et de la liberté de l'individu, a retrouvé durant la Seconde Guerre mondiale une force particulière.

Lire

1 À quelle histoire vous attendez-vous d'après le titre ?

2 Que pouvez-vous dire du cadre spatial de l'histoire ?

3 Étudiez la chronologie des éléments du texte et commentez l'emploi des temps.

4 Combien y a-t-il de personnages dans cette histoire ? Présentez chacun d'eux autant que possible.

5 Relevez et expliquez le paradoxe présent dans le troisième paragraphe.

6 Relevez le champ lexical de la préparation. Pourquoi est-il aussi important dans ce texte ?

7 Comment l'homme s'est-il procuré de l'argent ? Quel est le mobile de son crime ?

8 Relevez les verbes de perception ainsi que leur sujet. Quel est le point de vue dominant dans ce texte ?

9 Que signifient les expressions suivantes : « *satisferait son goût pour les choses bien faites* » (l. 44) et « *il voulait être libre* » (l. 56-57) ?

10 Pourquoi tue-t-il sa femme sur le seuil ?

11 Quelle est la nuance apportée ici par l'adjectif : « lumière jaunâtre » (l. 67-68) ?

12 Qui est surpris à la fin du texte ?

13 Sur quel procédé repose la chute dans ce texte ?

À SAVOIR

LE SCHÉMA NARRATIF

Le schéma narratif met en lumière les cinq étapes d'un récit.
– **La situation initiale** est stable. On y présente le temps, le lieu et les personnages de l'histoire. Elle est exprimée à l'imparfait.
– **L'élément perturbateur** est l'étape qui permet de donner naissance à l'histoire. Un événement bouleverse la stabilité initiale. Cette étape est souvent écrite au passé simple.
– **Les péripéties** correspondent à l'action proprement dite. C'est le corps du récit.
– **La résolution** (qui peut être aussi bien positive que négative) met un terme aux actions entreprises et introduit la dernière étape.
– **La situation finale** est de nouveau une situation stable qui renseigne le lecteur sur le sort des personnages.
Du fait de sa brièveté, la nouvelle aménage souvent ce schéma, par exemple en ne donnant qu'une situation initiale schématique, en réduisant les péripéties ou encore en n'explicitant pas la situation finale.

14 À quel sous-genre cette nouvelle appartient-elle ? Justifiez.

15 En quoi le mot qui constitue la chute est-il le reflet de la lecture elle-même ?

Écrire

16 Résumez cette nouvelle en respectant l'ordre chronologique.

17 Réécrivez la fin du texte en adoptant le point de vue interne des invités.

18 En respectant le texte, imaginez la suite de l'histoire.

19 Rédigez une brève qui rende compte de ce tragique événement puis développez-la pour en faire un article de journal.

20 Dans une lettre à un ami, vous rendez compte de votre lecture de cette nouvelle en en faisant au choix l'éloge ou le blâme.

21 Écrivez une nouvelle dont le titre serait *Cauchemar en vert*.

Chercher

22 Faites une fiche de vocabulaire sur le mot *jaune*.

23 Cherchez comment se présente un article de journal.

24 Cherchez d'autres titres de nouvelles de Fredric Brown et lisez celle qui s'appelle *Cauchemar en bleu*. Comment qualifieriez-vous le ton de cette nouvelle ?

25 Lisez et résumez *Le Coup de gigot* de Roald Dahl : quel lien pouvez-vous faire avec *Cauchemar en jaune* ?

LE SCHÉMA ACTANTIEL

On appelle **actant** tout personnage ou tout élément (chose, animal, etc.) qui occupe une fonction dans le récit. Le schéma actantiel rend compte du rôle que chacun joue dans un même épisode narratif. Il comporte six fonctions possibles.

Le **destinateur** est ce qui pousse le **sujet** à chercher l'objet (l'appât du gain et la haine de sa femme poussent le héros à la tuer et s'enfuir avec l'argent). Le **destinataire** désigne ce qui va bénéficier des résultats de la **quête** du sujet (ici le meurtrier). Dans sa quête, le sujet est à la fois aidé par des forces appelées **adjuvants ou aides** (la valise offerte par sa femme) mais aussi freiné par des forces contraires appelées opposants (sa hâte pour la tuer sur le perron).

Il faut noter qu'un même actant peut occuper plusieurs fonctions dans le schéma actantiel (sa femme est objet, destinateur, adjuvant et opposant, par exemple !).

SYNTHÈSE

Lire

1 Remplissez le tableau suivant.

	Statut du narrateur	Type de narration	Point(s) de vue adopté(s)	Registres utilisés	Sous-genre(s) du texte	Chute
R. Dahl						
R. Bradbury						
J. L. Borges						
F. Brown						

Écrire

2 Rédigez l'analyse du tableau.

3 Quelle nouvelle avez-vous préférée ? Justifiez votre point de vue.

4 Baudelaire écrit dans *Notes nouvelles sur Edgar Poe* : « [La nouvelle] a sur le roman à vastes proportions cet immense avantage que sa brièveté ajoute à l'intensité de l'effet. Cette

LA NOUVELLE

La nouvelle remplace, à la fin du moyen âge, le fabliau et le dit. Elle nous vient d'Italie avec *Le Décaméron* de Boccace (1348-1353) et voit le jour en France avec *L'Heptaméron* de Marguerite de Navarre (1559). C'est un genre assez difficile à définir mais on peut retenir cependant quelques critères.

– C'est un récit bref par rapport au roman et, d'après Gide, la nouvelle est faite pour être lue en une seule fois.

– La nouvelle a un sujet restreint : il s'agit de narrer un instant-clé qui ne nécessite pas un long développement. Comme le dit Bourget : « La matière de la nouvelle est un épisode, celle du roman une suite d'épisodes. »

– Le récit doit être rapide et resserré. Autrement dit, dans une nouvelle, l'entrée en matière est immédiate et seul le temps fort est développé. Il ne saurait donc y avoir ni longueurs ni digressions.

– Elle comporte généralement peu de personnages et peut se terminer par une pointe ou chute sans que cela revête un caractère obligatoire.

De plus, même si ce n'est le cas pour aucune des nouvelles du recueil, la nouvelle a souvent adopté les marques formelles du récit enchâssé.

lecture, qui peut être accomplie tout d'une haleine, laisse dans l'esprit un souvenir bien plus puissant qu'une lecture brisée, interrompue souvent. » À la lumière de cette citation, analysez les mérites respectifs du roman et de la nouvelle.

5 Soit la chute suivante :
« M. Decker fut très surpris, mais plus heureux que navré. Il n'avait pas cru au Vaudou, mais c'était un homme de précautions, qui ne prenait jamais de risques inutiles. Et il avait toujours été exaspéré par l'habitude qu'avait sa femme de ne jamais nettoyer sa brosse à cheveux. »
En respectant les indices présents dans ces phrases, rédigez le début de cette histoire.

6 Inventez une nouvelle à chute en prenant soin d'emmener le lecteur sur une fausse piste (importance du choix du vocabulaire), tout en lui laissant une petite chance de deviner la fin de votre histoire grâce aux quelques indices que vous aurez disséminés dans votre récit.

7 À votre tour, proposez une définition personnelle de la nouvelle.

8 Rédigez un éloge du genre de la nouvelle en prenant appui sur les textes de ce recueil.

Chercher

9 Constituez-vous une anthologie de nouvelles à chute.

10 Dans quel autre genre de la littérature le mot *chute* est-il également utilisé ?

POUR COMPRENDRE

À SAVOIR

LE SUSPENSE

Le mot *suspense*, d'origine anglaise, provient du latin *suspendere* (« suspendre »). Il signifie « en suspens, non terminé, non résolu ». Le sens français en est très proche : « Moment d'un film, d'une œuvre littéraire, où l'action, s'arrêtant un instant, tient le spectateur, l'auditeur ou le lecteur dans l'attente angoissée de ce qui va se produire » (*Larousse*). Même s'il constitue l'un des principaux ressorts du récit policier ou d'espionnage, on trouve le suspense dès l'origine de la littérature. (Ainsi dans *Œdipe-roi* de Sophocle. Cet exemple montre d'ailleurs que l'inconnu n'est pas nécessaire au mécanisme : chacun connaît l'histoire d'Œdipe, mais le personnage l'ignore et nous partageons néanmoins son parcours.) Pour qu'il y ait suspense, il faut une attente, imprégnée d'incertitude et d'angoisse. Les indices, les dévoilements savamment dosés doivent aiguiser notre attention sans dévoiler la vérité qui ne doit surgir qu'à la fin.

NOUVELLES À CHUTE CLASSIQUES

La nouvelle à chute n'est pas l'apanage du monde contemporain. Elle existait aussi chez les classiques, comme en témoignent les deux nouvelles suivantes aux registres radicalement opposés.

Guy de Maupassant (1850-1893)

« Le Gueux », *Contes du jour et de la nuit* (1885)

Cette nouvelle est d'abord parue dans *Le Gaulois* du 9 mars 1884.

Maupassant, l'un des maîtres incontestés du genre, a écrit quelques nouvelles à chute dont « La Parure », sans doute l'une des plus connues, « Le Crime au père Boniface », qui s'inscrit dans un registre comique, et « Le Gueux » qui s'avère être d'une férocité tragique.

Il avait connu des jours meilleurs, malgré sa misère et son infirmité.

À l'âge de quinze ans, il avait eu les deux jambes écrasées par une voiture sur la grand'route de Varville. Depuis ce temps-là, il mendiait en se traînant le long des chemins, à travers les cours des fermes, balancé sur ses béquilles qui lui avaient fait remonter les épaules à la hauteur des oreilles. Sa tête semblait enfoncée entre deux montagnes.

Enfant trouvé dans un fossé par le curé des Billettes, la veille du jour des Morts, et baptisé pour cette raison Nicolas Toussaint, élevé par charité, demeuré étranger à toute instruction, estropié après avoir bu quelques verres d'eau-de-vie offerts par le boulanger du village, histoire de rire, et, depuis lors, vagabond, il ne savait rien faire autre chose que tendre la main.

Autrefois la baronne d'Avary lui abandonnait, pour dormir, une espèce de niche pleine de paille, à côté du poulailler, dans la ferme attenante au château ; il était sûr, aux jours de grande famine, de trouver toujours un morceau de pain et un verre de cidre à la cuisine. Souvent il recevait encore là quelques sols jetés par la vieille dame du haut de son perron ou des fenêtres de sa chambre. Maintenant elle était morte.

Dans les villages, on ne lui donnait guère : on le connaissait trop ; on était fatigué de lui depuis quarante ans qu'on le voyait promener de masure en masure son corps loqueteux et difforme sur ses deux pattes de bois. Il ne voulait point s'en aller cependant, parce qu'il ne connaissait pas autre chose sur la Terre que ce coin de pays, ces trois ou quatre hameaux où il avait traîné sa vie misérable. Il avait mis des frontières à sa mendicité et il n'aurait jamais passé les limites qu'il était accoutumé de ne point franchir.

Il ignorait si le monde s'étendait encore loin derrière les arbres qui avaient toujours borné sa vue. Il ne se le demandait pas. Et quand les paysans, las de le rencontrer toujours au bord de leurs champs ou le long de leurs fossés, lui criaient :

– Pourquoi qu' tu n' vas point dans l's autes villages, au lieu d' béquiller toujours par ci ?

Il ne répondait pas et s'éloignait, saisi d'une peur vague de l'inconnu, d'une peur de pauvre qui redoute confusément mille choses, les visages nouveaux, les injures, les regards soupçonneux des gens qui ne le connaissaient pas, et les gendarmes qui vont deux par deux sur les routes et qui le faisaient plonger, par instinct, dans les buissons ou derrière les tas de cailloux.

Quand il les apercevait au loin, reluisants sous le soleil, il trouvait soudain une agilité singulière, une agilité de monstre pour gagner quelque cachette. Il dégringolait de ses béquilles, se laissait tomber à la façon d'une loque, et il se roulait en boule, devenait tout petit, invisible, rasé comme un lièvre au gîte, confondant ses haillons bruns avec la terre.

Il n'avait pourtant jamais eu d'affaires avec eux. Mais il portait cela dans le sang, comme s'il eût reçu cette crainte et cette ruse de ses parents qu'il n'avait point connus.

Il n'avait pas de refuge, pas de toit, pas de hutte, pas d'abri. Il dormait partout en été, et l'hiver il se glissait sous les granges ou dans les étables avec une adresse remarquable. Il déguerpissait toujours avant qu'on se fût aperçu de sa présence. Il connaissait les trous pour pénétrer dans les bâtiments ; et le maniement des béquilles ayant rendu ses bras d'une vigueur surprenante, il grimpait à la seule force des poignets jusque dans les greniers à fourrages où il demeurait parfois quatre ou cinq jours sans bouger, quand il avait recueilli dans sa tournée des provisions suffisantes.

Il vivait comme les bêtes des bois, au milieu des hommes, sans connaître personne, sans aimer personne, n'excitant chez les paysans qu'une sorte de mépris indifférent et d'hostilité résignée. On l'avait surnommé « Cloche », parce qu'il se balançait entre ses deux piquets de bois ainsi qu'une cloche entre ses portants.

Depuis deux jours, il n'avait point mangé. Personne ne lui donnait plus rien. On ne voulait plus de lui à la fin. Les paysannes, sur leurs portes, lui criaient de loin en le voyant venir :

– Veux-tu bien t'en aller, manant ! V'là pas trois jours que j' tai donné un morciau d' pain !

Et il pivotait sur ses tuteurs et s'en allait à la maison voisine, où on le recevait de la même façon.

Les femmes déclaraient, d'une porte à l'autre :

– On n' peut pourtant pas nourrir ce fainéant toute l'année.

Cependant le fainéant avait besoin de manger tous les jours. Il avait parcouru Saint-Hilaire, Varville et les Billettes sans récolter un centime ou une vieille croûte. Il ne lui restait d'espoir qu'à Tournolles ;

mais il lui fallait faire deux lieues sur la grand-route, et il se sentait las à ne plus se traîner, ayant le ventre aussi vide que sa poche.

Il se mit en marche pourtant.

C'était en décembre, un vent froid courait sur les champs, sifflait dans les branches nues et les nuages galopaient à travers le ciel bas et sombre, se hâtant on ne sait où. L'estropié allait lentement, déplaçant ses supports l'un après l'autre d'un effort pénible, en se calant sur la jambe tordue qui lui restait, terminée par un pied bot et chaussé d'une loque.

De temps en temps, il s'asseyait sur le fossé et se reposait quelques minutes. La faim jetait une détresse dans son âme confuse et lourde. Il n'avait qu'une idée : « manger », mais il ne savait par quel moyen.

Pendant trois heures, il peina sur le long chemin ; puis, quand il aperçut les arbres du village, il hâta ses mouvements.

Le premier paysan qu'il rencontra, et auquel il demanda l'aumône, lui répondit :

– Te r'voilà encore, vieille pratique ! Je s'rons donc jamais débarrassé de té ?

Et Cloche s'éloigna. De porte en porte on le rudoya, on le renvoya sans lui rien donner. Il continuait cependant sa tournée, patient et obstiné. Il ne recueillit pas un sou.

Alors il visita les fermes, déambulant à travers les terres molles de pluie, tellement exténué qu'il ne pouvait plus lever ses bâtons. On le chassa de partout. C'était un de ces jours froids et tristes où les cœurs se serrent, où les esprits s'irritent, où l'âme est sombre, où la main ne s'ouvre ni pour donner ni pour secourir.

Quand il eut fini la visite de toutes les maisons qu'il connaissait, il alla s'abattre au coin d'un fossé, le long de la cour de maître Chiquet. Il se décrocha, comme on disait pour exprimer comment il se laissait tomber entre ses hautes béquilles en les faisant glisser sous ses bras. Et il resta longtemps immobile, torturé par la faim, mais trop brute pour bien pénétrer son insondable misère.

Il attendait on ne sait quoi, de cette vague attente qui demeure constamment en nous. Il attendait au coin de cette cour, sous le vent glacé, l'aide mystérieuse qu'on espère toujours du Ciel ou des hommes, sans se demander comment, ni pourquoi, ni par qui elle lui pourrait arriver. Une bande de poules noires passait, cherchant sa vie dans la terre qui nourrit tous les êtres. À tout instant, elles piquaient d'un coup de bec un grain ou un insecte invisible, puis continuaient leur recherche lente et sûre.

Cloche les regardait sans penser à rien ; puis il lui vint, plutôt au ventre que dans la tête, la sensation plutôt que l'idée qu'une de ces bêtes-là serait bonne à manger grillée sur un feu de bois mort.

Le soupçon qu'il allait commettre un vol ne l'effleura pas. Il prit une pierre à portée de sa main, et, comme il était adroit, il tua net, en la lançant, la volaille la plus proche de lui. L'animal tomba sur le côté en remuant les ailes. Les autres s'enfuirent, balancées sur leurs pattes minces, et Cloche, escaladant de nouveau ses béquilles, se mit en marche pour aller ramasser sa chasse, avec des mouvements pareils à ceux des poules.

Comme il arrivait auprès du petit corps noir taché de rouge à la tête, il reçut une poussée terrible dans le dos qui lui fit lâcher ses bâtons et l'envoya rouler à dix pas devant lui. Et maître Chiquet, exaspéré, se précipitant sur le maraudeur, le roua de coups, tapant comme un forcené, comme tape un paysan volé, avec le poing et avec le genou par tout le corps de l'infirme, qui ne pouvait se défendre.

Les gens de la ferme arrivaient à leur tour qui se mirent avec le patron à assommer le mendiant. Puis, quand ils furent las de le battre, ils le ramassèrent et l'emportèrent, et l'enfermèrent dans le bûcher pendant qu'on allait chercher les gendarmes.

Cloche, à moitié mort, saignant et crevant de faim, demeura couché sur le sol. Le soir vint, puis la nuit, puis l'aurore. Il n'avait toujours pas mangé.

Vers midi, les gendarmes parurent et ouvrirent la porte avec précaution, s'attendant à une résistance, car maître Chiquet prétendait avoir été attaqué par le gueux et ne s'être défendu qu'à grand-peine.

Le brigadier cria :

– Allons, debout !

Mais Cloche ne pouvait plus remuer ; il essaya bien de se hisser sur ses pieux, il n'y parvint point. On crut à une feinte, à une ruse, à un mauvais vouloir de malfaiteur, et les deux hommes armés, le rudoyant, l'empoignèrent et le plantèrent de force sur ses béquilles.

La peur l'avait saisi, cette peur native des baudriers jaunes, cette peur du gibier devant le chasseur, de la souris devant le chat. Et, par des efforts surhumains, il réussit à rester debout.

– En route ! dit le brigadier. Il marcha. Tout le personnel de la ferme le regardait partir. Les femmes lui montraient le poing ; les hommes ricanaient, l'injuriaient : on l'avait pris enfin ! Bon débarras.

Il s'éloigna entre ses deux gardiens. Il trouva l'énergie désespérée qu'il lui fallait pour se traîner encore jusqu'au soir, abruti, ne sachant seulement plus ce qui lui arrivait, trop effaré pour rien comprendre.

Les gens qu'on rencontrait s'arrêtaient pour le voir passer, et les paysans murmuraient :

– C'est quéque voleux !

On parvint, vers la nuit, au chef-lieu du canton. Il n'était jamais venu jusque-là. Il ne se figurait pas vraiment ce qui se passait, ni ce qui pouvait survenir. Toutes ces choses terribles, imprévues, ces figures et ces maisons nouvelles le consternaient.

Il ne prononça pas un mot, n'ayant rien à dire, car il ne comprenait plus rien. Depuis tant d'années d'ailleurs qu'il ne parlait à personne, il avait à peu près perdu l'usage de sa langue ; et sa pensée aussi était trop confuse pour se formuler par des paroles.

On l'enferma dans la prison du bourg. Les gendarmes ne pensèrent pas qu'il pouvait avoir besoin de manger, et on le laissa jusqu'au lendemain.

Mais, quand on vint pour l'interroger, au petit matin, on le trouva mort, sur le sol. Quelle surprise !

GROUPEMENT DE TEXTES

Alphonse Allais (1854-1905)

« Cruelle Énigme », *À se tordre* (1891)

Ce Normand (né à Honfleur) qui fréquenta entre autres Charles Cros, est l'auteur de quelque 1 700 histoires, fables, contes et autres « *fariboles* », tous plus spirituels les uns que les autres. La nouvelle qui suit est extraite du recueil *À se tordre* qui porte bien son nom.

Chaque soir, quand j'ai manqué le dernier train pour Maisons-Laffitte (et Dieu sait si cette aventure m'arrive plus souvent qu'à mon tour), je vais dormir en un pied-à-terre que j'ai à Paris.

C'est un logis humble, paisible, honnête, comme le logis du petit garçon auquel Napoléon III, alors simple président de la République, avait logé trois balles dans la tête pour monter sur le trône.

Seulement, il n'y a pas de rameau bénit sur un portrait, et pas de vieille grand-mère qui pleure[1].

Heureusement !

Mon pied-à-terre, j'aime mieux vous le dire tout de suite, est une simple chambre portant le numéro 80 et sise en l'hôtel des Trois-Hémisphères, rue des Victimes.

Très propre et parfaitement tenu, cet établissement se recommande aux personnes seules, aux familles de passage à Paris, ou à celles qui, y résidant, sont dénuées de meubles.

Sous un aspect grognon et rébarbatif, le patron, M. Stéphany, cache un cœur d'or. La patronne est la plus accorte hôtelière du royaume et la plus joyeuse.

Et puis, il y a souvent, dans le bureau, une dame qui s'appelle Marie

---

1. Allusion à « Souvenir de la nuit du 4 », *Les Châtiments*, Victor Hugo, 1852.

et qui est très gentille. (Elle a été un peu souffrante ces jours-ci, mais elle va tout à fait mieux maintenant, je vous remercie.)

L'hôtel des Trois-Hémisphères a cela de bon qu'il est international, cosmopolite et même polyglotte.

C'est depuis que j'y habite que je commence à croire à la géographie, car jusqu'à présent – dois-je l'avouer? – la géographie m'avait paru de la belle blague.

En cette hostellerie, les nations les plus chimériques semblent prendre à tâche de se donner rendez-vous.

Et c'est, par les corridors, une confusion de jargons dont la tour de l'ingénieur Babel, pourtant si pittoresque, ne donnait qu'une faible idée.

Le mois dernier, un clown né natif des îles Féroé rencontra, dans l'escalier, une jeune Arménienne d'une grande beauté.

Elle mettait tant de grâce à porter ses quatre sous de lait dans la boîte de fer-blanc, que l'insulaire en devint éperdument amoureux.

Pour avoir le consentement, on télégraphia au père de la jeune fille, qui voyageait en Thuringe, et à la mère, qui ne restait pas loin du royaume de Siam.

Heureusement que le fiancé n'avait jamais connu ses parents, car on se demande où l'on aurait été les chercher, ceux-là.

Le mariage s'accomplit dernièrement à la mairie du XVIIIe. M. Bin, qui était à cette époque le maire et le père de son arrondissement, profita de la circonstance pour envoyer une petite allocution sur l'union des peuples, déclarant qu'il était résolument décidé à garder une attitude pacifique aussi bien avec les Batignolles qu'avec la Chapelle et Ménilmontant.

J'ai dit plus haut que ma chambre porte le numéro 80. Elle est donc voisine du 81.

Depuis quelques jours, le 81 était vacant.

Un soir, en rentrant, je constatai que, de nouveau, j'avais un voisin, ou plutôt une voisine.

Ma voisine était-elle jolie ? Je l'ignorais, mais ce que je pouvais affirmer, c'est qu'elle chantait adorablement. (Les cloisons de l'hôtel sont composées, je crois, de simple pelure d'oignon.)

Elle devait être jeune, car le timbre de sa voix était d'une fraîcheur délicieuse, avec quelque chose, dans les notes graves, d'étrange et de profondément troublant.

Ce qu'elle chantait, c'était une simple et vieille mélodie américaine, comme il en est de si exquises.

Bientôt la chanson prit fin et une voix d'homme se fit entendre.

– Bravo ! Miss Ellen, vous chantez à ravir, et vous m'avez causé le plus vif plaisir… Et vous, maître Sem, n'allez-vous pas nous dire une chanson de votre pays ?

Une grosse voix enrouée répondit en patois négro-américain :

– Si ça peut vous faire plaisir, monsieur George.

Et le vieux nègre[1] (car, évidemment, c'était un vieux nègre) entonna une burlesque chanson dont il accompagnait le refrain en dansant la gigue, à la grande joie d'une petite fille qui jetait de perçants éclats de rire.

– À votre tour, Doddy, fit l'homme, dites-nous une de ces belles fables que vous dites si bien.

Et la petite Doddy récita une belle fable sur un rythme si précipité, que je ne pus en saisir que de vagues bribes.

– C'est très joli, reprit l'homme ; comme vous avez été bien gentille, je vais vous jouer un petit air de guitare, après quoi nous ferons tous un beau dodo.

L'homme me charma avec sa guitare.

À mon gré, il s'arrêta trop tôt, et la chambre voisine tomba dans le silence le plus absolu.

---

1. Au XIXe siècle, ce mot est neutre.

– Comment, me disais-je, stupéfait, ils vont passer la nuit tous les quatre dans cette petite chambre ?

Et je cherchais à me figurer leur installation.

Miss Ellen couche avec George.

On a improvisé un lit à la petite Doddy, et Sem s'est étendu sur le parquet. (Les vieux nègres en ont vu bien d'autres !)

Ellen ! quelle jolie voix, tout de même !

Et je m'endormis, la tête pleine d'Ellen.

Le lendemain, je fus réveillé par un bruit endiablé. C'était maître Sem qui se dégourdissait les jambes en exécutant une gigue nationale.

Ce divertissement fut suivi d'une petite chanson de Doddy, d'une adorable romance de Miss Ellen, et d'un solo de piston véritablement magistral.

Tout à coup, une voix monta de la cour :

– Eh bien ! George ; êtes-vous prêt ? Je vous attends.

– Voilà, voilà, je brosse mon chapeau et je suis à vous.

Effectivement, la minute d'après, George sortait.

Je l'examinai par l'entrebâillement de ma porte.

C'était un grand garçon, rasé de près, convenablement vêtu, un gentleman tout à fait.

Dans la chambre, tout s'était tu.

J'avais beau prêter l'oreille, je n'entendais rien.

Ils se sont rendormis, pensai-je.

Pourtant, ce diable de Sem semblait bien éveillé.

Quels drôles de gens !

Il était neuf heures, à peu près. J'attendis.

Les minutes passèrent, et les quarts d'heure, et les heures. Toujours pas un mouvement.

Il allait être midi.

Ce silence devenait inquiétant.

Une idée me vint.

Je tirai un coup de revolver dans ma chambre, et j'écoutai. Pas un cri, pas un murmure, pas une réflexion de mes voisins. Alors j'eus sérieusement peur. J'allai frapper à leur porte :

– *Open the door, Sem!... Miss Ellen!... Doddy! Open the door...*

Rien ne bougeait! Plus de doute, ils étaient tous morts. Assassinés par George, peut-être, ou asphyxiés! Je voulus regarder par le trou de la serrure. La clef était sur la porte. Je n'osai pas entrer. Comme un fou, je me précipitai au bureau de l'hôtel.

– Madame Stéphany, fis-je d'une voix que j'essayai de rendre indifférente, qui demeure à côté de moi?

– Au 81? C'est un Américain, M. George Huyotson.

– Et que fait-il?

– Il est ventriloque.

BIBLIOGRAPHIE
Recueils de nouvelles
– Alphonse Allais, *À se tordre*, 1891.
– Ray Bradbury, *Un remède à la mélancolie*, 1958.
– Jorge Luis Borges, *Fictions*, 1944.
– Jorge Luis Borges, *L'Aleph*, 1949.
– Fredric Brown, *Fantômes et Farfafouilles*, Denoël, 1961.
– Roald Dahl, *Mieux vaut en rire*, Gallimard Jeunesse, 1999.
– Guy de Maupassant, *Contes du jour et de la nuit*, 1895.

FILMOGRAPHIE
Films à chute
– Alfred Hitchcock, *Le Grand Alibi*, 1950.
– Chris Marker, *La Jetée*, 1962 (court métrage).
– George Roy Hill, *L'Arnaque*, 1973.
– Alan Parker, *Angel Heart*, 1987.
– Bryan Singer, *Usual Suspects*, 1994.
– Terry Gilliam, *L'Armée des douze singes*, 1995.
– Manoj Night Shyamalan, *Sixième Sens*, 1999.
– François Ozon, *Huit Femmes*, 2001.
– François Ozon, *Swimming Pool*, 2003.

SITES INTERNET
Sites sur Roald Dahl :
– site officiel : http://www.roalddahl.com
– http://www.livres-a-gogo.be/bio/bidahlr.htm
– http://www.ricochet-jeunes.org/auteur.asp ?id=1429
Sites sur Ray Bradbury :
– http://www.cafardcosmique.com/auteur/bradbury.html
– http://www.allsf.net/Auteurs/Bradbury/Bradbury.htm
– http://www.perso.wanadoo.fr/mondalire/bradbury.htm
Sites sur Jorge Luis Borges :
– http://www.limbos.org/traverses/borges-biofr.htm
– http://philippe.gournay.free/figures/borges.html
Site sur Fredric Brown :
– http://www.lefantastique.net/litterature/dossiers/broxn/brown_01.htm

Classiques & Contemporains

SÉRIE BANDE DESSINÉE (en coédition avec Casterman)

SÉRIE ANGLAIS

NOTES PERSONNELLES

NOTES PERSONNELLES

Couverture
Conception graphique : Marie-Astrid Bailly-Maître
Illustration : Séverine Assous

Intérieur
Conception graphique : Marie-Astrid Bailly-Maître
Édition : Charlotte Cordonnier
Réalisation : Nord Compo, Villeneuve-d'Ascq

Roald Dahl, « La logeuse », trad. E. Gaspar
in *Kiss Kiss*, © Éditions Gallimard, 1978

Ray Bradbury, « Le dragon », in *Un Remède à la mélancolie*,
© Éditions Denoël, 1961

Jorge Luis Borges, « La demeure d'Astérion », trad. R. Caillois
in *L'Aleph*, © Éditions Gallimard, 1967

Fredric Brown, « Cauchemar en jaune », in *Fantômes et Farfafouilles*,
© Éditions Denoël, 1963

© Éditions Magnard, 2006 pour la présentation, les notes,
les questions et l'après-texte

www.magnard.fr

Achevé d'imprimer en décembre 2012
par «La Tipografica Varese S.p.A.»
N° éditeur : 2013-0717
Dépôt légal : mai 2006

Certifié PEFC

Ce produit est issu
de forêt gérées
durablement et de
sources contrôlées

PEFC/18-31-264   www.pefc-france.org